P9-EEI-936

A Marc, Yuna y Adriel.

Susanna Isern

A Viola.

Marco Somà

nubeclásicos

Las siete camas de Lirón
Colección Nubeclásicos

www.nubeocho.com - info@nubeocho.com

Correctora: Daniela Morra

Primera edición: 2017
ISBN: 978-84-946926-5-9
Depósito legal: M-20327-2017

Impreso en China a través de KS Printing,
respetando las normas internacionales del trabajo.

Las siete camas de Lirón

Susanna Isern Marco Somà

nubeOCHO

Los días en **Bosque Verde** eran de lo más tranquilos, a veces incluso aburridos. Los animales comían frutos, paseaban por el prado, se refrescaban en el lago, saltaban de rama en rama y dormitaban a la sombra de los árboles.

Sin embargo, aquel verano, comenzó a suceder **algo inesperado** en algunas casas.

Conejo fue el primero en darse cuenta.
Con la salida del sol se levantó de un salto y corrió a prepararse el desayuno. En la **caja de las zanahorias** descubrió a pequeño **Lirón** durmiendo plácidamente.

—¡**Lirón!** ¡Qué susto me has dado!
¿Qué haces aquí?

—¡Disculpa, **Conejo!** Anoche no conseguía conciliar el sueño y decidí probar en otra **cama.**

A la mañana siguiente sucedió en casa de **Petirrojo**. Se despertó perezoso y fue a ponerse guapo. En el **cajón de las corbatas** encontró a pequeño **Lirón** durmiendo como un tronco.

—¡Despierta, **Lirón**! ¿Qué haces a estas horas en mi casa?

—¡Mil excusas, **Petirrojo**! Anoche no conseguía conciliar el sueño y decidí probar en otra **cama**.

Después le tocó el turno a **Ciervo**. Cuando se levantó, notó que un lado de la cabeza le pesaba más que el otro. En cuanto se miró al espejo, encontró a pequeño **Lirón** durmiendo recostado sobre **uno de sus cuernos**.

—¿Se puede saber qué haces en mi cabeza, **Lirón**?

—¡Lo siento, **Ciervo**! Anoche no conseguía conciliar el sueño y decidí probar en otra cama.

1

Y así, todas las noches, pequeño **Lirón** iba probando nuevas camas dejando boquiabiertos a quienes se lo encontraban por las **mañanas**.

El zapato de **Oso**, el estuche de los anteojos de **Tortuga**, el reloj de cuco de **Ratón**, la cajita de música de **Ardilla**...

Un día, cansados de que todas las mañanas pequeño **Lirón** apareciera durmiendo en los lugares más **insospechados** de sus **casas,** los animales decidieron hablar con él.

—Lo sentimos, **Lirón.** Pero no está bien que entres a escondidas en nuestras casas de madrugada. A partir de ahora será mejor que te quedes en tu cama —le pidió **Conejo.**

—Pero... —comenzó a explicarse **Lirón.**

—¡No hay peros que valgan! —le interrumpió **Tortuga**—. Ya soy vieja y no estoy para estos sobresaltos.

A la mañana siguiente, **Bosque Verde** volvió a sus días tranquilos, incluso aburridos. **Lirón** no amaneció en ninguna cama que no fuera la suya. **Tampoco lo vieron en todo el día.**

Por la noche, **Conejo** fue a visitarlo para ver cómo estaba. Pero la luz de su casa estaba apagada y la **puerta** cerrada con **llave.**

Junto a la casa de pequeño **Lirón,** vivía **Lechuza.**
Ella pasaba las noches en vela vigilando el bosque.
Conejo, preocupado, le preguntó por él.

—Buenas noches, **Lechuza.** ¿Sabes dónde está **Lirón?**

—Ayer lo vi marcharse con una maleta.

—**¿Lirón** ha abandonado el bosque? Pero... ¿por qué?

—Ay, **Conejo.** ¿Aún no te has dado cuenta? A **Lirón** le ocurre algo muy fastidioso... Le da miedo dormir solo.

Conejo corrió veloz para ir a avisar a los animales.

—¡Arriba, amigos! Me ha contado **Lechuza** que **Lirón** ha dejado **Bosque Verde.** Ahora ya sé porque venía a nuestras casas de madrugada... ¡A Lirón le da miedo dormir solo!

—Oh, pobre... —se lamentaron todos, sorprendidos.

—Pero eso no es lo peor. Dice **Lechuza** que lo vio dirigirse hacia **Bosque Gris.**

Los animales partieron a buscarlo de inmediato. En **Bosque Gris** habitaba ni más ni menos que el temible **Lobo**.

Cuando llegaron a la **guarida** del **feroz** animal, pegaron sus narices discretamente a la ventana. Y allí estaba. **Lirón** dormía tranquilamente metido en un gran calcetín. Junto a él, **Lobo roncaba** en la cama.

Conejo entró silencioso por la **ventana**. Cuando por fin consiguió llegar hasta pequeño **Lirón**, lo sacó tirando del **calcetín**.

Una vez fuera, **Oso** lo instaló sobre su cabeza y juntos regresaron a **Bosque Verde**.

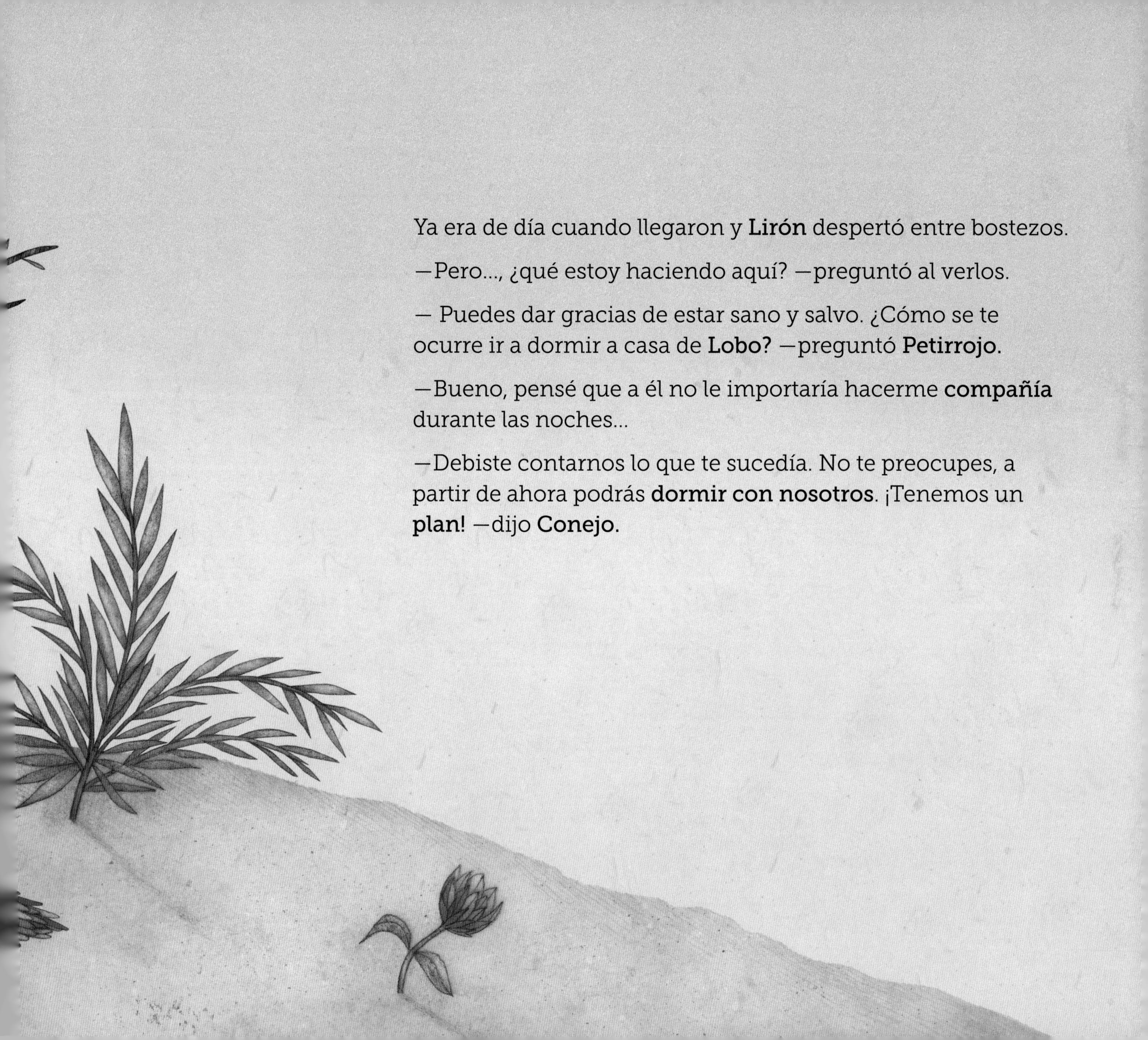

Ya era de día cuando llegaron y **Lirón** despertó entre bostezos.

—Pero..., ¿qué estoy haciendo aquí? —preguntó al verlos.

— Puedes dar gracias de estar sano y salvo. ¿Cómo se te ocurre ir a dormir a casa de **Lobo?** —preguntó **Petirrojo.**

—Bueno, pensé que a él no le importaría hacerme **compañía** durante las noches...

—Debiste contarnos lo que te sucedía. No te preocupes, a partir de ahora podrás **dormir con nosotros**. ¡Tenemos un **plan!** —dijo **Conejo.**

A partir de entonces, pequeño **Lirón** dormía cada noche en una cama distinta.

Los **lunes** en la caja de las **zanahorias** de **Conejo**, los **martes** en el cajón de las **corbatas** de **Petirrojo**, los **miércoles** en el **cuerno** izquierdo de **Ciervo**, los **jueves** en el **zapato** de **Oso**, los **viernes** en el estuche de los **anteojos** de **Tortuga**, los **sábados** en el **reloj** de cuco de **Ratón** y los **domingos** en la cajita de **música** de **Ardilla**.

Estando acompañado, **Lirón** ya no tenía miedo y dormía de un tirón.

Pero un **lunes,** la caja de las **zanahorias** amaneció **vacía.**

Extrañado, **Conejo** preguntó a los **animales** si **Lirón** había pasado la **noche** en alguna de sus casas, pero **nadie lo había visto.**

Conejo corrió a casa de **Lirón** para ver si estaba bien. Lo encontró en su cama.

—Buenos días, **Lirón**. ¿Cómo estás? Pensé que pasarías la noche en la caja de las **zanahorias.**

—¡Shhhhh! —susurró Lirón abriendo ligeramente los ojos—. Vas a **despertarla**...

Y es que, a sus pies, dormía apaciblemente su nueva amiga, la diminuta **Musaraña.**

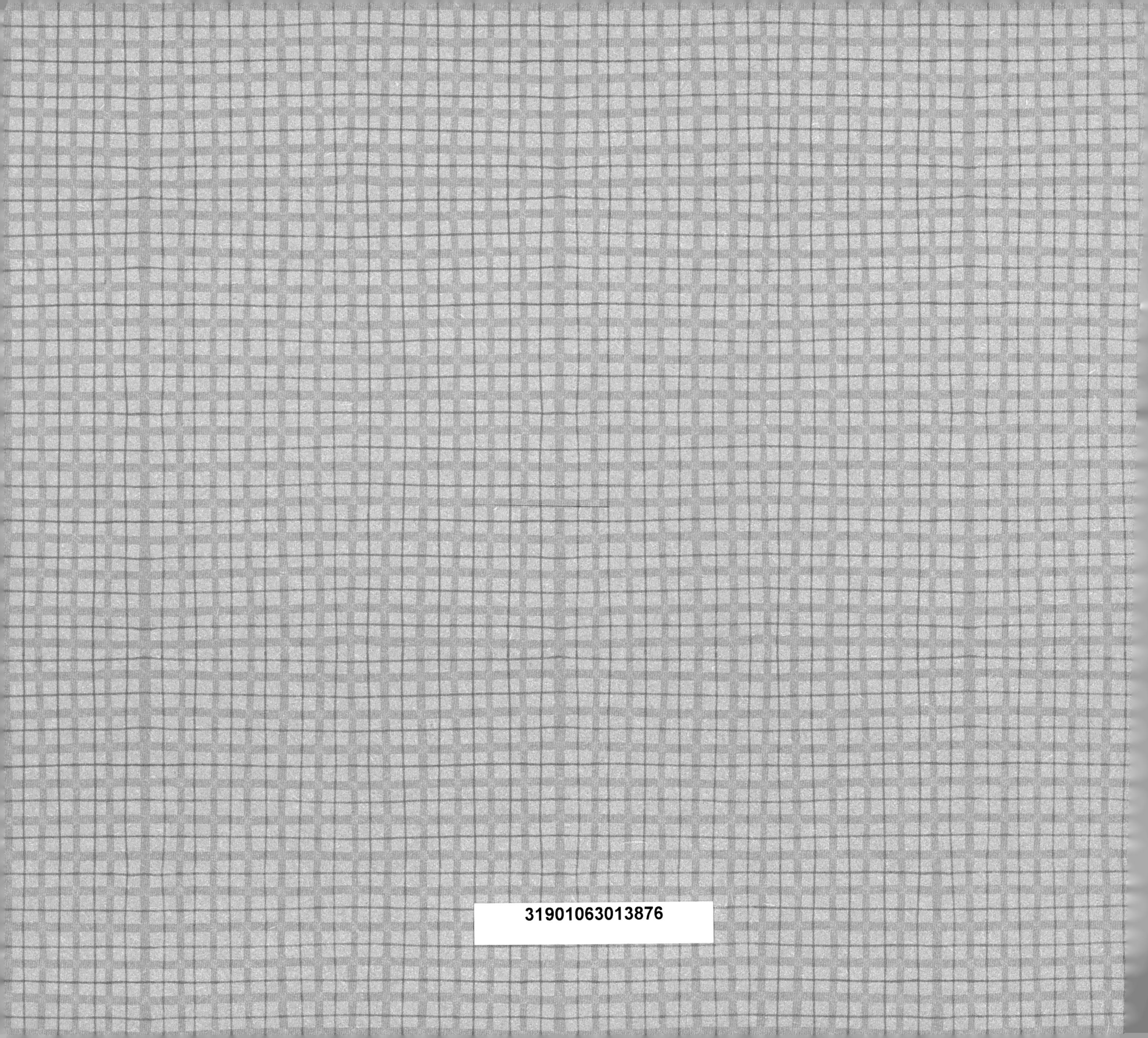
31901063013876